KB158243

무서운 여자

# 무서운 여자

지은이 | 김종필

**발행** | 2020년 7월 15일

**펴낸이** | 신중현
**펴낸곳** | 도서출판 학이사
**출판등록** | 제25100-2005-28호

대구광역시 달서구 문화회관11안길 22-1(장동)
전화_ (053) 554-3431, 3432  팩시밀리_ (053) 554-3433
홈페이지_http://www.학이사.kr
이메일_hes3431@naver.com

ISBN_979-11-5854-239-9  03810

이 도서의 국립중앙도서관 출판예정도서목록(CIP)은 e-CIP 홈페
이지(http://seoji.nl.go.kr)와 (http://www.nl.go.kr/kolisnet)에서
이용하실 수 있습니다.(CIP제어번호: CIP2020028333)

# 무서운여자

초설 김종필

夢而思|학이사

## 시인의 말

　내 안에 바람, 햇살, 비, 눈, 꽃, 나무… 살아온 만큼의 존재들이 있습니다. 한 번쯤 눈을 맞추고. 입을 맞추고, 마음을 나눈 사랑입니다. 기쁨과 슬픔을 함께했습니다. 하여, 무엇 하나 버릴 수 없는 사랑입니다. 그토록 가없는 사랑에 무서운 여자, 착한 여자가 있습니다. 한 몸, 한마음으로 지금까지 왔습니다. 부끄럽지만 가슴을 열어 보입니다. 어쩌면 그대들 안에 있는 사랑도 다르지 않을 것입니다.


2020년 여름에
초설 김종필

# 차례

## 1. 낯선 그림들

## 2. 기억에 담다

# 3. 아득한 사랑

# 4. 말랑한 생각

# 1
## 낯선 그림들

# 기울지 않는 사랑

밑동이 파인 고목처럼 버티는 앙상한 다리
일그러진 세상을 닮아버린 얼굴로
사내는 불빛이 바뀌기를 기다리고 있습니다
길 건너 몽당연필 다리에
바람 빠진 공 같은 얼굴로 손짓하는 여자

나는 온전한 다리로 딛고 서서
둘을 물끄러미 쳐다보고 있습니다

길을 여는 녹색 불이 켜지고
차들이 눈을 감으며 길을 돌려줍니다
하하하⋯ 사내가 엄청 좋아합니다
호호호⋯ 여자는 기쁘게 다가오고
기우는 발걸음을 여자에게 떼어 놓습니다
당당한 사람들보다 더 당당하게
횡단 길 위에 잠시 서 있습니다
여자가 종종걸음으로 다가오더니
사내 겨드랑이에 파고들고
둘은 하늘을 올려보며 하하호호 웃습니다

별들이 반짝이며 놀랐고
나는 걸음을 뗄 수가 없었습니다

사내가 왼쪽으로 쓰러질 듯하면
여자는 어깨로 받쳐주고
여자가 숨을 몰아쉴 때마다
사내는 걸음을 멈춥니다
또 하하하 웃음을 터뜨렸습니다
온몸이 떨리는 사랑입니다
숨 막히는 사랑입니다

둘은 눈으로 말을 하고
웃음으로 사랑을 부풀렸습니다
세상에 없을 기울지 않는 사랑이었습니다

# 슬픈 축제

사랑은 언제나 온유함을
손가락으로 그려내는 그들

사이를 막고 있는 무수한 벽을
우렁찬 박수로 깨뜨려야 하지만
아무도 소리 내지 않는다

눈으로 듣는다는 것이
마냥 슬프다
손으로 말하는 그들은
결코 울지 않는다
점점 눈이 커지는 춤과 노래

십자가가 사랑이 아니거늘
세상을 등지지 못하는 꽃들이여
내 멀쩡한 다리가 부러지도록
목발을 던져라
일그러진 얼굴에 침을 뱉어라
체념을 중심으로 도는 무대 위에
스스로 꽃이 되어라

남들이 기쁘게 웃으면
얼굴이 왜 차갑게 일그러지는지
남들이 사랑으로 가슴이 뜨거울 때
가슴이 왜 얼어붙는지

말할 수 없음에
볼 수 없음에
걸을 수 없음에

결코 온유한 사랑을 구걸치 않는 맹세
저마다 타고난 멍에가 눈부신 꽃이 되리라

# 이제 기차는 오지 않아요

도심 철길 건널목 차단기가 느리게 오는 기차처럼 내려가고, 사람들은 저마다 멍하니 서 있다 철길 옆 포장마차에 사내 셋이 소주잔을 기울이며, 세상 밖으로 밀려난 원망을 침으로 뱉는다 긴 머리를 땋았지만 숨길 수 없는 주름 깊은 그녀 손에 어묵 기름이 흘러내리고, 기차가 굉음을 지르며 늘어져 지나간다

사람들은 망각에서 깨어나, 이어진 길을 다시 걷는다 내 앞에 놓인 잔에 술이 가득 찼다 마시지도 못할 술을 받아 놓고 실없는 고민을 하고 있을 즈음, 자전거가 비틀거리며 옆을 스치고 지난다 무슨 일이 자전거가 취하도록 술을 마시게 했을까? 사내 얼굴에는 세상을 버려도, 자전거는 버릴 수 없다는 비장함이 묻어나 씁쓸하다

술을 털어 넣었다 어묵 국물을 마시는 사내들은 세상 안으로 들어가려 안간힘을 다해 부끄러운 자랑을 늘어놓고, 사람들은 골목길로 사라져 간다 고무장갑을 벗은 그녀가 얼굴을 힐끗 보며 '이제 기차는 오지 않아요' 퉁명스레 뱉고, 빈 소주병을 한쪽 구석에 처박는다 일어나야 한다 그래, 기차는 오지 않지만 떠나온 만큼 돌아가야 하는 삶

# 죽을죄

햇살 눈부신 아침
화장터에 연기가 오른다

용서받을 궁리를 하고 있을
가여운 삶들이여
누구나 죽을죄를 저지르고
마침내 죽는다

죽은 자는 뜨거운 불가마로 들어갈 때
눈물 한 방울 흘리지 않는데

묻어야 할 죄
가슴에 부둥켜안고 눈물이 났다
산다는 건
죽을죄를 짓는 일

# 하얀 민들레

처마 밑에 숨어든 낯선 하얀 민들레를 멀뚱멀뚱 바라보다,
귀밑 머리칼을 긁적거린다 피고 지는 봄 내내 악착같이 살지
못했거나, 팔뚝 하얀 솜털이 빛나도록 내리는 햇살 한 줌, 물
한 방울 뿌려주지 못한 미안함일지 모를 일이다 바람 불어 꿈
이 날릴 때마다, 한 가닥씩 스멀거리며 나오는 가느다란 새치
더미 같은 민들레가 날리는 비에 젖었다 내 사라진 봄날 꿈은
기억 속에서 떠올려지지 않는데, 하얀 민들레는 봄 뿌리를 더
깊이 내리고, 귀를 후비던 굵은 비는 저물녘에 그쳤다

# 효자손

　어렴풋하지만 아버지 등을 긁으면 기분이 좋았다 어느 날
그녀가 등을 긁어줄 때, 아버지 기분을 알 수 있었다 시원하
다는 말이 몸속 깊이 스며들었다 그처럼 서로에게 효자손으
로 살아야 하는데, 한쪽이 역할을 못 하는 지경에야, 소중함
에 온몸이 더 가렵다 등을 바짝 들이민다 아니, 거기 아니야
그 옆에

# 철거

옹색해진 집들이 무너지고 있습니다
한 사람 비껴간 골목 역사가 지워지고 있습니다
어머니가 들락거리던 부엌이 막히고
아버지 마당은 집 무덤이 되었습니다
저물녘이면 낮은 담장에 어슬렁거리는
앙칼진 고양이 울음도 들리지 않습니다
사람이 떠나면 다 무너지는 것이지요
물처럼 스머들던 골목 끝에는
고단한 삶 흔적들만 널브러져 있습니다
삭은 기왓장 틈에는 잊지 않고 나팔꽃이 피고
담 너머 주렁주렁 달린 감만 속절없이 익고 있습니다
갈라지는 골목마다 그리움처럼 남아 있던
빈집 적막마저 사라지고 있습니다

# 사월에 울겠다

함부로 울지 않는다

울어야 한다면
꽃 피는 삼월이 아니라
억누르며 참았다가
꽃 지는 사월에 울겠다

이르게 진 꽃들이 떠 있는 바다를 보며
빈들에 깨어나는 함성을 기억하며
사월에 울겠다

이르게 진 동백처럼
사월에 붉게 울겠다

# 하루를 더 살다

죽고 싶다는 생각을 하는 것만으로, 모두가 죽음에 이르지는 않습니다 삶을 놓아야 하는 그 막막함은 어떤 것일까요? 어처구니없이 사랑과 미움, 가난, 욕심, 명예 따위가 죽음에 이르게 한다는 것입니다

세상에 등 돌리고 살던 한때, 죽음을 고민한 적 있었습니다 식구를 보듬을 수 없는 무능함 때문이었습니다 몇 날을 강가로 나섰다가, 지는 해를 보고, 그냥 돌아오곤 했습니다 죽을 수 있는 능력도 내게는 없었습니다 그냥 살아야 했습니다 죽을 수도 없음이 부끄러웠습니다 억지스럽게도 그 부끄러움을 가리는 것은, 사는 일이었습니다

# 등

눈앞에 있었지만
늘 먼 산이었다

뭇사람들 환희와 한숨을 받아 준
그 산을
오늘은 내가 오른다

쭉 뻗은 나무들 상처 어루만지며
어제 슬픔과 기쁨 되새기며 오른다

천천히 더 천천히 오르다
뒤처져 오는 친구를 앞세웠다

거친 바람 같은 숨결
잠시 떠나온 삶이
그처럼 치열했을 것이다

가파른 등을 보며 오른다
넓어도 약간 굽은 어깨와 등뼈
어쩌면 죽어도 볼 수 없는
내 등을 보았다

# 아버지 집

하늘 오르는 나무계단 벽에
내 나이 아버지가 맑게 웃는다
이 집은 아버지가 지었다
아버지 집에 내가 살고
엄마는 가끔 반찬통을 챙기러 온다
북이 있고
장구가 있고
피아노가 있고
장작 난로는 뜨거운데
아버지가 없다
단풍이 떠날 때
아버지는 서둘러 떠났다
산을 오르던 나그네가 길을 묻는다
아버지는 한 번도 살아가는 길을 일러주지 않았다
길은 어디에나 있는 법
굳이 따져 물을 일인가
낙엽이 날릴 때마다
북이 울리고
장구가 춤을 추고
피아노가 노래를 부른다

아버지 가락이 깊다
아버지는 그리워서 그리운 것이 아니다
이 집에 늘 함께 살고 있음에

# 보리밥

　점심에 양푼이 보리비빔밥 한 그릇 먹으러 갔더니, 보리밥 한 주걱에 콩나물, 미역줄기, 애호박, 상추, 고사리, 무나물, 돌나물, 미나리, 당근채 따위 풀꽃을 담아 주었다

　수북한 풀꽃 먹기가 망설여졌는데, 매일 쌀밥만 먹다가 보리밥 먹으면 미칠 거라며, 코앞에 밀쳐놓는 보글보글 끓는 된장찌개 냄새가 아찔하고, 보리밥이 탱글탱글 기분 좋게 혀를 놀렸다

　구수한 숭늉을 마시면서 배를 어루만졌다 누군가는 끼니마다 보리밥을 먹어도 행복하고, 누군가는 어쩌다 한 끼 보리밥을 먹어서 행복하고, 누군가는 밥을 먹지 않아도 행복하다지만

　가끔 한 끼 보리밥처럼 생각나는 사람이길

# 까마귀는 운다

어쩌다 낮술에 찌든 밤
쓴 잔소리 물고 잠들었다 깬 아침
촉촉한 귓불 매만지며
울음이 떨어지는
플라타너스 잎을 들추는데
초록 햇살에
젖은 꿈을 말리는 울음이 깊다
울어서 풀어질 슬픔이라면
울어라 펑펑
되돌아갈 하늘길을 잃은
낯선 도시의 밤
찌릿한 전깃줄에 앉은 채로
깊은 밤 내내 꾹꾹 참았던 슬픔이
아침에야 터졌구나
젖은 나뭇가지 물어다 엮으며
울고 또 우네
뭇 새의 울음은 노래로 들리지만
까마귀는 운다
슬픔의 감전처럼 찌릿한 울음이다
나는 이다지 서러운 것이냐

# 아프다는 거

천 개 마음이 있고
천 개 아픔이 있다

시를 품다 아프고
꽃을 안다 아프고
바람 불어 아프고

문득 새벽에 깨어 아프고
새 울음에 아프고
빈 물병을 보아도 아프다

아픈 건 살아 있음이나
아무리 아파도
아프다 말하기 전에는 모른다

향기로운 꽃이
아플 거라 생각한 적 있는가?

누가 아프다 말하면
의심하지 말고

내 안의 아픔처럼 여겨라

기침만 해도 참을 수 없는 통증이 올 때가 있다
그런 아픔을 헤아려 보라
헤아리다 지쳐 아플 것이다

오늘 아플 것이고
내일 아픔이 덮을 것이다

# 낫

때도 없이 낫을 손에 쥐면
얼굴에 웃음이 피고
막걸리 한 사발에 낫춤을 추었습니다
감히 누구도 따라할 수 없는 현란한 춤으로
복숭아나무 잔가지를 쳐내고
무성한 풀을 베고
새벽마다 호박덩굴을 걷어냈지만
지독한 가난은 삭둑 베어지지 않았습니다
그늘 없는 풀밭에 쓰러졌을 때도
손에 낫이 박혀 있었습니다
닿으면 피를 뿜는 조선낫이 목숨을 노린 것입니다
쓰러져도 낫을 놓지 않은
피맺힌 손이 마음을 베는 슬픔이었습니다
그렇게 가난을 끝내고 싶었을 겁니다
다시 숫돌에 날 벼르지 않기를 기도했지만
이미 손이 낫이었습니다
해마다 날이 시퍼런 낫등에
호박꽃 피고
싸리꽃 피고
복사꽃 피었습니다

하지만 삶은 늘 부잣집 담 밖에 떨어진 감꽃처럼 시들했습니다
우리만 몰랐던 거지요
그 땀과 눈물로 목을 축였다는 것을
우리가 살아가는 일이
무한 고통이자 축복이었음을
검은 손에 박힌 채로 화석이 된 낫을
일말 망설임 없이 오롯이 품었습니다
그 낫은 내 아버지였습니다

# 구멍

초록 숲 구멍으로 아침 햇살이 내립니다

엄마,
그날만큼은
제가 아침 햇살이었다 하셨지요
아름드리 초록 숲 구멍이
싱그러운 바람 길이고
잠에서 깨어 재잘거리는 새들 입니다
서 있는 자리가 구멍이고
걷고 있는 둘레길이 구멍 입니다
품을 떠난 제가 바람 잘날 없는 구멍입니다

구멍에서 왔다가
구멍으로 돌아가는 삶이라 하셨습니까
머지않아 엄마 품을 온전히 떠나야 할 일에
철창에 갇힌 어치처럼 파닥이며 끄억끄억 울지만
엄마와 한 구멍 속에서 영원할 것을 믿습니다

엄마 품을 떠났다고
자유를 얻은 것이 아니란 걸 잊고 살았을 뿐

어느 하루도 엄마로부터 자유롭고 싶지 않습니다
찰나도 저를 구속하지 않았지만
그리움 탯줄을 끊은 적이 없음을 의심치 않습니다
구멍으로 돌아간다
자유롭게 날아가라
제발 억지로 등 떠밀지 마세요

오직 엄마,
모든 힘겨움을 뚫어 나갈 수 있는
하나뿐인 구멍입니다
그 안에서
저는 그 아침 햇살 첫 울음입니다

# 재판을 앞두고

입을 열고 처음 저지른 일
욕 대신에
쌀을 조금 보낼 테니까
웃으며 살라고 하였습니다
멍하니 눈물에 젖었습니다

만일 한 톨 쌀이 남았다면
그마저 삭 비워야겠다고 생각했습니다
쌍욕을 먹어도 내 탓
마치 대단한 일을 한 것처럼
넘치게 보내 달라고 했습니다

쌀독이 채워져 있으면
부끄러움과 두려움은 견딜 것 같았으니까요
용서를 빌면 되니까요

# 2
## 기억에 담다

# 중년

연애와 결혼을 하고
아이를 낳아 기르고

망해서 울고
흥해서 웃고

한 고비
두 고비

내 부실한 이가 되고
그대 부실한 관절이 된 지금

손잡고 발맞추며
먼 황혼을 향하는 길

죽음이란 강 건널 때도
손 놓지 않고
혼자 남아 울지 않도록

# 마음이 아픈 이유

모래더미에서도 꽃 피우는 다육이 좋아하더니, 버려진 화초를 잘 주워 온다 가난을 들인다고 말려도 들은 척 않는데, 집에 화초들이 대부분 그렇게 왔다 어느 아침에 갓 눈을 뜬, 꽃을 코밑에 가져와 향기를 맡으라 하더니, 길가 버려진 화분 흙더미에서 데려왔는데, 꽃을 피웠다고 꽃처럼 웃었다

물 한 방울도 그냥 버리지 말아야 한다 물 주고 햇살을 뿌렸더니, 살아 꽃을 피웠다 우리는 금방 지겨워하고, 쉽게 버리려 한다 지겹다고, 상처가 있다고, 아프다고 막 내버리면 그동안 함께한 시간만큼, 꽃피웠던 사랑도 내버리는 것이다 그래서 몸과 마음이 아픈 거라고 말하는 그대가 살아나고 있다

## 세상에 둘뿐

이제 많은 돈은 필요치 않아요
그러다 더 아프면 무슨 소용인가요

괜찮다 말하지 말고
아프다 말해도 돼요

웃는 얼굴 보는 것보다
더 좋은 건 없어요

나이가 들면 정으로 산다 했던가요
그러니까 아프다 말해도 돼요

그 말 들어줄 수 있는 사람
세상에 둘뿐이라 생각하면 되잖아요
나는 그대에게 아프다 말할 겁니다

# 뿔

이마 뿔 제거 수술을 한 부위에 처음으로 소독치료를 하는 날, 상처가 덧날까 며칠째 헝클어진 머리칼을 고개 젖혀 감기는데, 머리칼 치댈 때마다 웃음인지, 신음인지 모를 소리를 뱉었다

긴 머리칼 겨우 감기며 어쩔 줄 모르겠는데, 나중에 감당키 어려운 정도로 아프면 어쩌지? 겁이 불쑥, 목덜미를 꽉 조른다 내가 기계에 팔을 다쳤을 때, 그대도 같은 마음이었을까? 남자와 여자가 만나, 애 낳고 30년을 함께 살았는데, 절로 한숨이 나온다

거울 앞에서 뿔 자리에 손을 대보려는데, 고개를 젖혀 피한다 그대는 가끔 내 머리칼, 눈썹 정리까지 살갑게 해주는데, 미쳐서 살아오는 동안에 나는, 그대 이마뼈에 기생하던 뿔이었구나

# 아무리 등 돌려도

아프다고 목 놓아 외쳐요
울고 싶으면 울고
참으려고 애쓰지 말아요

침 흥건히 흘려도 괜찮아
코 드르렁 골면 어때
등 돌려서 잠들지 말아요

봄이 왔잖아요
꽃 한 송이 가져다 놓을게요

너무 늦었지만
지금부터 더 사랑할게요

뼈 마디마디 꽃이 피게 할게요
아무리 등 돌려도
눈앞에서 웃고 있을게요

# 비둘기처럼 날아서

창가에 누워
쓸어내리는 가슴에
비둘기 그림자 날아와 앉는다
깃털을 쓰다듬어도 날아갈 기미가 없다
두근거리는 숨을 고르는데
가슴에서 꾸르륵꾸르륵 소리가 터져 나온다
아픈 그대가 있는 하늘 쪽으로
곧 날아오를 거 같다
꾸르륵꾸르륵

# 울면 더 아프다

진료비 문자가 날아왔다
약값이 또 날아왔다
눈물방울 맺힌 채
집으로 돌아가고 있겠구나
발바닥이 부었던데
걸을 때마다
지난 삶 후회가 쑤시겠지
울지 마라
울지 마라
울면 더 아프다
걱정 마라
치료비 열심히 벌고 있다
그대가 나을 수 있다면
나는 아파도 아프지 않다

# 듣고 싶은 말

얼굴은 호빵처럼 부었고
종아리는 무척 야위었다

뻔히 알면서 야위었다 하니
그냥 웃는다

일 그만두고 쉬어라 했더니
그래야지 하고 웃는다

그 웃음은
괜찮아, 걱정하지 말아요!

아프지 말자 토닥이니
자기도! 하고 말끝을 흐린다

사랑하느냐고?
사랑한다고 물을 걸 그랬다

# 콩깍지

흐린 오후 마땅히 나갈 곳이 없어서
눈치를 살피고 있는데
눈앞에 쑥 내민 것은 완두콩이었습니다
풀빛이 볼록한 콩깍지 까니까
짜장면에 몇 알 뿌려져 있는
초록 보석들이 웃음처럼 쏟아졌습니다
유리대접에 소복하게 담으니
은근한 설렘이 있습니다
사랑하면 콩깍지 씌었다 하잖아요
설거지하는 모습을 물끄러미 보았습니다
서로 콩깍지 까는 시간을 살았습니다
그동안에 쏟아낸 것이
속없이 미운 정 고운 정이라 좋아요

# 성수

어쩌면 죽음을 생각했을까
살아야 하겠기에
지푸라기를 잡는 마음일까

성당 문 열리길 한 시간
작은 병에
떨리는 기도를 가득 채웠다

성수를 가슴에 품고
눈 감고
손 모아 오래 기도를 한다

들리지 않아도
나는 눈물겹고

얼굴 앞에 모은 손이 떨리고 있었다
간절함이란 그런 것임을

# 자매

열일곱 살 처음 만났을 때
언니보다 예뻤지
보기에 시커멓고 못난 놈이
형부가 될 줄이야
만날 때마다 얼굴만 붉히더니
어느 해 목련꽃 질 무렵에 말했지
아버지를 일찍 잃었는데
오빠 같아서
아버지 같아서 좋았다고
아들을 낳았을 때
누구보다 기뻐했던 사람이었고
딸을 낳았을 때
형부를 더 닮았다고 활짝 웃었지
한평생 예수만 모시고 살 줄 알았더니
서른을 훌쩍 넘겨
지극한 사랑을 만났으나
아이 가질 수 없어
내 아이들에게 더 애틋해서 마음 아팠지
언니 아프다고 왔네
밤새도록 즐거운 수다를 떨 줄 알았는데

아들이 대접하는 저녁밥 먹다 울컥
얼른 나으라고 두툼한 봉투를 두고 갔네
사랑스럽고 미안하고 고마워라
밥벌이 공부방에 쓸 연필 챙겨주라던 언니는
고맙다며 울다 지쳐 잠들었네

# 무서운 여자

술 마셨다고 눈 흘기지만
아침이면 콩나물 해장국과 분홍 입술 내미는 여자

먼 길을 떠나는 날에
언제 오느냐고 묻지도 않고 지갑을 채워 놓는 여자

사는 동안 잊지 않고
미역국을 끓여 주며 미워 죽겠다 호들갑 떠는 여자

아주 심심한 저물녘에
늙지 마요 타박하며 얼굴 주름 살살 닦아주는 여자

어쩌다 설거지해 놓으면
정말 착해요 하며 아들인 양 엉덩이 토닥이는 여자

빈 통장인 줄 뻔히 아는데
아직은 정말 괜찮다 능청스럽게 거짓말하는 여자

눈물겹도록 슬픈 날에도
왜 그래요 묻기보다 어떤 식으로든 웃겨주는 여자

# 낡은 사진 속 여자

　낡은 사진 속에 야들한 머리칼을 풀고, 내 곁에 누운 어리석은 여자가 있다 스물셋 오월에 만나, 마주 보고 있어도 떨어지기 싫어서 싸우고 싸우다가 젓가락만 챙겨서 장난 같은 살림을 차렸지

　생의 마디에서 채 피지도 못하고 끈적이는 피가 굳도록 시들해진 두릅을 살짝 데쳐서, 초록 생기가 스미도록 찬물에 헹구는 저 여자가 낡은 사진의 여자라니, 사는 일이 부끄럽고 뜨거운 싸움이었구나

　키 작은 수양버들처럼 가냘픈 손가락, 발가락 마디에 염증 붓기가 독버섯처럼 말랑거린다 눈을 감아도 처음처럼 함께하리니 서러워 말자 연두 햇살에 삭여 주리라 아카시아 향기로 말려 주리라

## 착한 여자

이른 저녁밥 먹고
묶은 머리끈 풀어 주었더니
언니 환자들에게 부럽냐며 웃기다가
그대로 잠이 들었는데
무서운 간호사가 깨워
발목 혈관으로 주사기 다섯 개나 항생제를 투입했지만
오히려 수액이 빠진 나무처럼 뻣뻣해진 얼굴로
어깨가 몹시 아프다고
아홉 시에 진통제 주사를 놓아달라는 부탁을 하는데
그 모습을 멀뚱멀뚱 바라보던 나는
고개를 숙였습니다
젖은 환자복을 갈아입혔더니
아홉 시가 되기 전에 깊은 잠에 빠졌습니다
오늘 밤은 진통제 주사를 맞고 편하게 자고 싶다 했는데
깨워야 할지 걱정이 되어
뺨을 가린 머리칼을
귀 뒤로 쓸어 넘겼습니다
정말 얼마만인지 참 예뻐서 눈물이 납니다
늘 당당하고 무서웠던 여자가 아픕니다
왜 아픈지 모르는

이 착한 여자가 죽을 것처럼 아파해서
고개를 돌려 웁니다

## 두 여자

밖에서 일찍 들어오거나, 늦게 오거나, 기분 좋게 술이 취
했거나, 마음이 상했어도, 살며시 안방 문을 열어 본 후에
거실에 누워 잠든다

숨이 막히는 꿈을 꾸다 벌떡 일어나, 살며시 안방 문 열어
종아리 주무르고, 촉촉한 입술로 안심하고, 다시 거실에 누
워 잠든다

내일을 알 수 없는 엄마에게 전화 한 통도 인색한 나쁜 놈
이 아내 안녕을 꼭 확인한다 그런 나를 엄마는 가여워하고
사랑한다

# 연리지

이른 아침 소리 나지 않게 돌아누운 등 뒤에 붙어 누웠다
정말로 모르는 척하는 것인지 아무 기척이 없다

털고 일어나 멀리 떠나는 꿈을 꾸는지 발을 꼼지락거린다
가을인데, 나란히 단풍잎 떨어진 숲을 걸었으면 좋겠다는
생각을 할 때,

단풍잎 떨어진 마디 같은 어깨에 알싸한 파스 향기가 풍
긴다 눈을 감고, 내 속으로 깊이 마셨다 밤새 앓았을 아픔
을 마셨다 더는 아프지 말라고,

촉촉한 눈으로 내 눈을 보았다 이럴 때는 말하지 않는다
말하면 서러움이 더 복받치는 순간이다 새가슴 파동이 가
슴에 닿았고, 종아리와 종아리를 새끼처럼 꼬았다

# 유효기간

그대는 마트에서 무얼 사든지
꼭 유효기간을 확인하더이다

가끔,
그런 그대가 너무 두렵습니다

나는 어디서 무엇을 사든지
유효기간을 애써 외면을 해요

아직은,
그대가 나를
오롯이 사랑하는 날들이기를

# 3
아득한 사랑

# 지우개

사랑이
사랑을 지웠습니다

사람이
사람을 지웠습니다

# 해후

햇살에 너울너울 춤추는 하얀 나비는 어디에 숨어 있다가 왔을까 사라졌다가도 처음 그대로 나비처럼 돌아오는 꽃, 나비가 춤추다 떠날 때까지 향기로 남는다 그 사랑은 요란스럽지 않다 꽃은 나비를 향기로 품고, 나비는 꽃을 살포시 보듬고, 가끔 바람이 시샘을 해도 변함이 없다 헤픈 사랑이라고? 외려 끈끈한 사랑이다 이별을 슬퍼하지 않는 사랑이다 사랑하다 헤어지며 슬퍼하는 것은, 철없는 사람들이나 하는 짓이다 훨훨 날아라 나비야 꽃 지는 날까지

# 너에게 다시

문득 애타는 가슴을 열어
너의 머리칼을 손빗질하며 묻는다
설마 오늘은 싱그럽게 부는 바람에 실려 오겠지
너에게 부친 소금 절인 그리움을
내 심심한 그리움 조각이다 생각하는 거 아니지
그리움은 가슴으로 말하는 거니까
너의 말 없음에
내 그리움이 무너지는 일은 없을 거야
한 잔 맥주를 마시고
너의 입술에 묻은 거품을 손등으로 훔쳤을 때
촉촉이 젖은 입술에
두텁고 검붉은 내 입술이 파르르 떨리다 숨이 멎고
뺨을 사르르 보듬을 때
내 가슴을 짜릿하게 뚫는 가는 숨결
아, 입을 벌리고
내 손끝 지문이 익숙하게
너의 쇄골에서 점 찍고 스르르 돌 때
마치 모래더미 속 철가루가 자석에 끌리는 듯한
그 설렘이 가슴에 그대로인데
너에게 다시 갈 수 있을까

# 눈물 나는 사랑이 맑다

왜 눈물이 마르지 않는 것일까요? 나뭇잎이 바람에 파르르 떠는 것처럼, 아픔을 참지 못하기 때문이겠지요 늦은 밤 풀벌레 울음에 이슬 같은 눈물 고이고, 긴 담배를 피워 물면 그대 가늘고 긴 손가락이 생각나 입술이 탈 때까지 운 적 있었지요 때로는 보낼 수 없는 긴 편지를 써 놓고 밤새 눈물로 다 지우기도 했었지요 어느 날에는 전화기가 울기만 기다리다 내가 먼저 울어버린 날 있었지요 그처럼 눈물 얼룩져도 그리워할 수 있어 행복한 것이 사랑이라지요

# 왼팔이 저릴 때

왼팔이 자꾸 저리다

어깨를 흔들어 보지만
그대로 저리다

눈을 감는다
혈관을 흐르는 그리움

너는
저린 나의 왼팔이다

# 가슴

처음 그대를 느낀 것은
내 눈이 아니라
설레는 가슴이었습니다
가끔 생각합니다
만약 가슴이 없었다면…

어쩌다 가슴이 아파서 두들기면
그대 울음이 들립니다

하여,
함부로 가슴을 두드릴 수 없습니다

# 이별을 기록하다

늦은 밤 끈적거리는 버스 안에서 한 여자가 찰나에 칼바람 소리가 터지도록, 읽던 종이를 찢었다 왜 저 가냘픈 가슴을 찢도록 화가 났을까 찢고 구긴 종이를 다시 펼쳐보는 눈에 설움이 그렁거렸다 버스가 정류장에 멈추어 설 때까지 바라보는 가슴이 떨렸다 그 여자를 남겨두고 내렸다 밥풀처럼 온몸에 달라붙은 쇳가루 무거움을 털며 집에 왔는데, 기어이 흘러내린 설움을 닦던 그 여자가 곁에 누웠다 한 사람을 사랑한다는 것은 기어이 가슴을 찢어야 하는 일이다 다만 죽을 만큼 사랑할 때는 몰랐을 뿐이다 나는 그 여자를 품고, 한때 이별편지를 가슴으로 들려주었다 눈물 겨운 사랑이 지나가고, 버스 한 대가 지나가고, 한 여자가 편지를 찢고 있다 별마저 서러운 밤이다

## 그대가 눈앞에

새벽안개 풀리는 강을 건너
그대 머리맡에 있음이 얼마나 다행인지요

첫눈을 뜨는 그대가 깜짝 놀라서
꿈이냐고 물으니 얼마나 행복한지요

그 깜박이는 눈썹에 닿는 입술이 촉촉하니
문득 사라지는 꿈 아니지요

# 사랑은 없다

얼굴도 모르고 만난 첫날밤
옷고름 풀며 약속했지
날 사랑한다고 떠나는 일 없을 거라고
말했던 당신인데

날마다 당신을 기다리며
서러움과 눈물로 보낸 시간
그리워한 것도 죄인 건지
세상은 내게 죄를 묻네

사랑했다 말하지 마라
내 맘에 내 눈에 눈물 나게 한 당신
사랑했다 말하지 마라

내일은 오실까 모레 오실까
애타는 밤에 기도했지
날 사랑한다고 기다리면 돌아온다고
말했던 당신인데

날마다 당신을 기다리며

서러움과 눈물로 보낸 세월
그리워한 것도 죄인 건지
세상은 내게 죄를 묻네

사랑했다 거짓말 마라
내 눈에 내 맘에 눈물 나게 한 당신
사랑했다 말하지 마라

## 절벽에 핀 꽃

나는 스스로
이 절벽에 핀 것이 아니랍니다

강을 건너던 새와
산을 넘던 바람이
무심코 떨어뜨렸을지 모릅니다
피지 말 걸 그랬습니다

억울하고 외롭습니다
가끔은 뛰어내리고 싶습니다

지나는 걸음
이름 한 번 불러주세요
올려다보며
손 한 번 흔들어주세요

저물녘 떨어지는 꿈이 아니라
아침 햇살에 빛나는 꿈을 꾸고 싶습니다

살고 싶습니다

사랑받고 싶습니다
나도 꽃입니다

# 용기 없는 사랑

나를 닮은 너를 사랑했어
그냥 보낼 수 없어서
널 사랑한다고 고백했고,

정신병원에 끌려가서야
그 사랑이 병이라는 걸 알았어
너무 아팠지

죽어도 떠나지 말아야 했어
외로워 사랑했으니
찰나도 외롭지 않도록
널 지켰어야,

외롭지 않은 날 있었을까
아직도 그 시절 모습으로
내 곁에 있는 너인데
보고 싶다는 말 지울 수 없었어

먼 그리움은 눈 같아서
녹아도 또 쌓이는데

끝없는 눈은 언제 그치려나

용기 없는 사랑이었을지라도
우리 사랑이 부끄럽지는 않아

# 감

그 사람
웃기만 하더니
떫은 감 한 개 주고 갔어요

감 한 개
손에 쥐고
떫은 세상을 떠돌다 왔어요

내 손에서
내 마음에서 홍시가 되었다는 걸
알까요?

# 세상 하나 더


그대가 없는 세상
찰나도 생각한 적 없었는데

지금 우리는
다른 세상을 살고 있네

하얀 목련이 돌아온 세상에
다시 만날 수 있다면

꽃길 걷다 빼닮은 뒤통수만 보아도
그대가 그리운 봄

맨살로 만나도 부끄럽지 않은
세상 하나 더 있었으면

## 오월에

오월 봄날이 간다

문득 그치는 비 따라
봄날이 간다

아무것도 하기 싫은데,
어슬렁어슬렁 따라가서

새봄과 오고 싶다

# 암각화

가슴에 빼곡하게 각인된 사랑을 반추합니다 얼마나 아팠
는지 그리웠는지 묻지 않습니다 씹을수록 눈물이 쏟아집니
다 한 편의 시요, 소설이지요 허구가 아니라, 실존이지요
천년 암각화 고래 사랑처럼 희미해질지라도, 사라진다고
사라지지 않겠지요 죽어도 앙상한 뼈에 새겨질, 그대 사랑

# 사랑할수록

사랑은
사랑할수록 더 깊어지는 병

끊어질 듯,
끊어질 듯,
끊어질 듯,

사랑할수록
미치도록 아픈 게 사랑이더이다

# 손목시계

아주 오랜 기억이 스멀거린다
손전화기를 산 이후로
손목에 시계를 다시 찰 줄이야
어색함 때문일까
주름 잡힌 손목을 자꾸 본다
손목을 보는 것이 아니라
시계를 보는 것이다
살다 보니 시간은 저절로 가고
너무 빨리 간다
내 손목에
시간을 뭉치실처럼 감는다
찢어질 만큼 처절했던
피멍이 삭는 시간이면 좋겠다
소리 없이
쉼 없이
하루하루 시간이 감기지만
애써 외면할 때도 있는
저마다 시간이 있다는 것은

# 4
말랑한 생각

# 아가씨와 시

시답잖은 예술가 세 놈 마주 앉아
술잔을 부딪치는데
기둥 벽에 기대앉은 아가씨가
촉촉한 눈빛
살짝 열린 분홍 입술로
어깨 아래 흘린 머리칼 찰랑이며
날 봐요, 나직하게 속삭이지만
예사롭게 보다 말았는데
슬쩍 내밀어 비치는 어깨 비틀 때
감전이 될 듯 짜릿한 가슴

문득 시가 군살이 많다
눈을 감고 주절주절 지껄이는 놈
주둥이를 때리고 싶지만
곁눈질로 시를 쓴다

기다랗게 쭉 뻗은 종아리
땡글땡글 말갛게 열린 허벅지 사이
흘러내린 팔이 떨리는 흥분

한 편의 시다

군살이 삭 빠진 시다

언제쯤이면 늘씬한 시 한 편 품을까

# 고독한 시간

기다리는 책이 왔을까
두 번이나 우편함을 확인하고 왔다

믿음이 있어도
손에 잡히지 않는 것들에는
더 집착하고 확인을 거듭한다

그러다가,
끝내 나를 내어놓는다

그리웠노라고 말하지 않는다
지나는 바람에는 견뎌도
손끝이 닿으면 부서지는 겨울 시래기처럼
얼어서 말라갈 뿐이다

# 마음은 풍선처럼

이 봄에
시들한 꽃은 없다

네 마음도
내 마음도

꽃바람에 부풀었네
꽃향기 따라 붕붕 떠다니는 마음이여

부풀고 부풀다
풍선처럼 터지겠네

가없이 터지는 봄
상처마다 꽃 터져라

# 홍분을 깨물다

　첫 홍시가 떨어져 있었다 붉은 속살, 가슴이 떨렸다 손바닥에 올려놓고, 귀한 보석을 감정하는데, 입 안 가득 침이 고였다 가을은 속살을 비치는 유혹으로 다가와 있었다 감이 한꺼번에 홍시가 되지 않고, 서서히 하나씩 떨어지는 것처럼, 가을은 아주 천천히 가슴에 안기는 것이다

　홍분을 한입 깨물었다 촉촉이 퍼지는 홍분은 오래도록 달콤했다 이 가을 내내 홍분으로 들끓고 달콤할까? 누구라도 쓸쓸하지 않은 가을을 상상하기란 쉽지 않다 늙은 감나무에 달랑 하나 매달려 있는 홍시를 보아야 하는 쓸쓸함을 애달아 말자 때가 되면, 내 얼굴도 붉게 물러지겠지

# 중독

깊은 밤 맥주 한 잔 마시고 싶은 건 중독이다 정말 모르시나? 그리움 중독이다 살다, 그 애타고 지독한 중독 때문에 철창에 격리된다 할지라도, 멍든 가슴이 부르르 떨리는 그리움을 그리워하겠다 내 귀는 그대 가는 숨소리에, 내 눈은 그대 살가운 눈빛에 중독되었다 죽어도 해독을 애원하지 않겠다

# 꽃이 필 때는

하늘과 땅
꽃 아닌 것 없는 시절이다

빛이 다르고
향이 다르고

눈물인지
웃음인지

꽃이 필 때는
저마다 사연 있으리니
덥석 안지 말자

## 느닷없이 사랑이 온다

막차로 돌아와 거실에 누웠는데, 달이 곁에 눕는다 가슴이 두근거린다 안고 잘 수 있을까? 사랑은 가끔 느닷없이 온다

이른 아침에 떠난 줄 알았는데, 화장을 하고 돌아왔구나 사랑은 어둠 속에서 더 뜨거운 것을 잊고 지낸 시간이다

사랑이 가고, 사랑이 온다 느닷없이…

## 사람을 읽다

　어제, 오늘 많은 사람들을 만났다 새로운 사람을 만나는 것은 야릇한 두려움이며, 읽고 싶었던 책 첫 장을 펼치는 설렘이다 그들을 읽었고, 까닭 없이 부끄러운 속내를 들키지 않으려고 애썼다 서로 밑줄을 긋는 동행이었으면

# 작아지고 있다

언젠가부터
무엇이든 작은 것일수록
느낌이 세다

큰 것을 바라는 것은
욕심이거나 죄일 뿐이고
낯 뜨거운 일이다

크고 화려한 것은 속임이고
작은 것이 진실이다
작을수록 흔들리지 않는 것을

약해 보여도 작은 내가 좋다
날마다 작아지고 있다
때론 기쁘게

# 아, 가을이다

저녁잠 깨었더니, 귀뚜라미가 9층 여름을 올라, 내 집까지 찾아왔다 귀뚜라미는 가을 전령사다 가을이 내게 온 것이 다

창밖 먼 곳을 보았다 귀뚜라미에게 자유를 주고, 가을바 람을 들였다 아, 어쩌란 말인가 가을바람을 들이니, 문득 내가 창밖으로 날갯짓을 하고 싶어졌다 저 환하고 시원한 밤길 어딘가를 무작정 날거나, 먼 길을 떠나야겠다

시원한 숲이면 더 좋겠다 그 숲에 어스름 저녁까지 잠들 었다가, 울어야지 아, 가을이다 가을이다 가을이다 가을이 다

# 노름

또 판이 벌어졌다

곁방살이 한판이라고
큰소리치던 놈이
맨 먼저 죽는다

손을 바르르 떨며
야무지게 눈치를 살피던 놈이
다음으로 죽는다

두어 번 죽으며 벼르다
슬그머니 한 번 찌른 놈이
머쓱하게 죽는다

마지막 남은 놈이
억울한 죽음들을 쓸어 담는다

삶이여,
새 판이 궁금하다

# 환생

어두운 가마 속으로 불이 들어간다 마른 장작에 살던 개
미와 거미도 온몸을 태운다 몇 밤을 태우고, 찻사발만 걸어
나왔다

# 사랑이란?

낯선 그대와 나
하나 되는 소멸

눈멀도록 타다
식어 스미는 일
.

.

.

# 첫눈을 기다리는 새벽

잠결에 문득 눈을 비볐는데, 거실에 화초들이 창밖만 바라보고 있다 눈이 내리고 있나? 자라목을 비틀어보니, 와! 뿌연 하늘이다 벌떡 일어나며 기도했지만 환상일 뿐이다 얼어 죽더라도 밖으로 나가고 싶었을 뿐이고, 얼어 죽더라도 눈 마중을 하고 싶었던 것이다 창에 갇힌 처지가 분하고, 눈마저 내리지 않는 새벽, 바스락거리는 낙엽 쌓인 늦가을 산장에 첫눈이 벚꽃처럼 흩날리는 꿈마저 사라지네

# 봄바람 부는 저녁

어제 저녁부터 집 밖에 나가지 않았습니다
지금 커튼이 가려져 있는 창을 통해 세찬 바람이 우우 웅
거립니다

어제 갔었던 남녘 바다 뜰에는 유채가 피어있고, 얕은 산
자락에는 진달래가 만발하였던데, 바람이 이토록 모질게
부는 저녁입니다

봄 햇살에 꽃이 피고, 봄바람 불어 꽃이 지는 것은 순리임
에도 봄바람이 세차게 세상을 흔드는 오늘 같은 저녁에는
괜한 걱정에 가슴이 울렁거리기도 하지요

어느 집 저녁 식탁에 차려진 파릇한 꽃들을 보았습니다
갓 싹을 올린 부추와 미나리, 쑥이 한 상 차려져 있었습니
다

바람 불어 이른 꽃잎이 지는 저녁에 봄꽃 쌈은 그대로 봄
을 온몸에 들이는 것입니다 싱싱한 봄이니까, 아침 햇살은
또 많은 꽃잎을 흐드러지게 피우겠지요

# 안개 너머

  새벽어둠 속 촉촉한 안개가 보였다 어둠과 안개에 겹으로
싸인 세상을 굳이 꿰뚫어 볼 이유가 없으니, 손을 내밀어
촉촉한 안개를 만지는 기분이 좋았다 아침이 오고, 서서히
안개가 교회 종탑 너머로 사라지며, 품었던 세상을 내어 놓
았다 늘 바라보던 그대로 펼쳐진 세상이다 내가 변하지 않
으면 세상은 변하지 않는다 잠시 보이지 않고, 잊힌다 두려
워 말자

# 거미

거미 한 마리가 처마 밑에서

봄비를 피하고 있다

내리는 것이 비인지 꽃눈인지

촉촉한 봄에도

짝을 찾다가 눈이 머는가 보다

사이사이 바람이 지나고

꽃향기가 줄줄줄 내리는데

바둥바둥 하늘로 오르려 마라

아직은 봄이다

꽃이 다 질 때까지 기다려 보자꾸나

나의 고독이 너에게 머문다

동무


바람이었고
햇살이었다

그래도
무엇을 해줄 수 있느냐 묻는다면

마냥 곁을 걷겠다

평등 세상과 기울지 않는 사랑

이동훈 시인

1

대여섯 해 전 대구의 헌책방인 물레책방에서 초설 시인
을 처음 만났다. 권순진 시인이 주관하는 행사일 수도 있
고, 다른 행사였을 수도 있지만 만나서 서로 반가웠다. 둘
이 함께 좋아하는 권순진 시인은 그때나 지금이나 시 이야
기를 맞나게 소개해 주고 있는데 근래에 수도권으로 이사
를 갔다. 물레책방 장우석 감독과도 잊을 만하면 막걸리 타
임으로 우정을 이어가고 있다. 물레책방에 손님으로 두어
번 들렀던 김민서 낭송가도 둘이 함께 좋아하고 있다. 학이
사 신중현 대표도 이때 스치듯 만난 거 같다. 이번에 초설
의 시집이 나오면, 이들이 우선적으로 축하해 주리라 믿는
다.

마흔 중반이 되어서야 첫 시집을 낸 나도 늦었지만 초설
은 더 늦어서 쉰이 되어서야 첫 시집을 냈다. 비슷한 무명
이어서 그랬는지, 시를 아끼는 마음이 통해서 그랬는지 초

97

설과 둘이서 술 마시는 날이 잦았다. 나는 다섯 살 위의 초설을 한사코 선배라 부른다. 형이라고 부르면 괜히 심부름 다닐 거 같은 불안이 있어서다. 초설의 주변엔 술 마시자고 그를 부르는 선후배가 많다. 춤추는 선배와는 서로 배신하지 말자며 형제 의를 맺은 후, 누가 먼저 배신할지 궁금해하고 있다. 그림 그리는 선배가 있는 방천 시장도 자주 들르는 곳이다. 그곳 술집과 밥집과 카페에서 술을 먹으며 정을 내고 있는 중이다. 노래 부르는 후배들과도 자주 어울리는 눈치다. 초설을 예뻐해서 밥 사주는 누이도 있다. 그래서 초설은 금요일 저녁만 기다린다. 평일엔 식구를 건사하려는 책임도 있겠지만 방화문을 만드는 공장 일이 고되어 가급적 술을 참으려는 마음을 낸다. 물론 못 참을 때가 적잖은 걸로 알고 있다.

초설은 사람을 좋아하고 술을 좋아한다. 불편한 자리나 사람 속에서 기분이 틀어지면 화를 참지 못하고 주위를 긴장시킬 때도 있지만 그런 자신을 조절하는 능력을 갖고 있다. 가까운 사람에겐 더할 수 없이 좋은 선배, 후배라서 그와 함께하는 술자리는 언제든 즐겁다. 주량을 굳이 비교하자면 술의 절대량은 초설을 따를 순 없지만 하루 주량만 따지자면 나랑 얼추 비슷해 보인다. 술이 엔간히 들어가면 말이 조금 많아지는 것도 닮았다. 철들고 외박할 일이 거의 없었지만 경산에서 이틀 밤, 성주에서 하룻밤은 전혀 의도하지 않았지만 초설과 함께 술을 마시다가 장렬히 쓰러진 기억을 공유하고 있다.

초설이 술과 안주에 대해서 격을 가리지 않는다는 점도 평가할 만하다. 누가 비싼 안주 사주면 마다할 리 없지만 배추전 한 장이면 넉넉해한다. 나랑 마실 땐 맥탁(막걸리 두 병에 맥주 한 병을 섞어 마시는 것)을 선호하는 내 기호에 늘 응해주는 도량을 갖고 있는데, 은근히 본인도 맥탁을 좋아하는 거 아닌가 하는 생각도 조금 든다. 이런 인연으로 초설 시인의 귀한 시집에 그다지 긴요하지 못한 글을 덧입히고 있는 중이니, 인연의 무게를 실감하게 된다.

2

시인은 김종필이란 이름보다 초설로 통한다. 스승이 덕담을 보태 호나 필명을 지어주는 경우를 왕왕 봐왔지만 초설은 따로 스승을 두지 않은 사람이니 스스로 필명을 그렇게 지은 것이다. 초설은 첫눈(初雪)이다. 이렇게 끝내면 서운해할 수 있으니 좀 더 생각해 본다. 시인이 언어를 다루는 사람임을 고려하고 이전의 언어를 피해서 자기만의 언어를 늘 새롭게 내놓아야 할 사람임을 생각하면 초설은 세상에 처음 내놓는 말(初說)이기도 하겠다.

초설이 첫 번째로 내놓은 시집은 『어둔 밤에도 장승은 눕지 않는다』(2015)다. 초설은 등단을 따로 하지 않고 시집을 냈으며, 시집 뒷부분에 시인의 말을 직접 실어 평자의 발문을 대신했다. "이제 용기를 내어 당신들에게 내가 묻는다. 등단을 해야 좋은 시를 쓸 수 있고, 발표를 할 수 있는 것인가요? 아니다. 비록 좋은 시는 아닐지라도 누구나 시를 쓰고, 발표할 수 있다. 이제 내가 그 일을 하고 있다"고 당당하게 선언했으니 폼이 안 날 수 없다.

꽃을 사랑하지 않는
봄은 죽는다

나를 사랑하지 않는
나는 죽는다

오월의 마지막 밤이
비에 죽는다

- 「꽃을 사랑하지 않는 봄은 죽는다」 전문
(『어둔 밤에도 장승은 눕지 않는다』)

시는 짧고 쉬워야 하고, 머리로 쓴 시는 감동을 주기 어렵다는 게 초설의 생각이다. 그렇다면 짧으면서도 쉽게 이해되는 초설 시의 감동은 어디에서 오는 것일까. 위의 시도 그다지 어려울 게 없어 보이지만 시 앞에 멈칫하게 된다. 쉽지만 오래 품고 가다듬어야만 말할 수 있는 진정이 느껴져서다. 실제 시를 쓰는 순간은 금방일 순 있어도 지나온 삶과 한때의 고투와 현재의 마음 자세가 고스란히 녹아 있다. 비가 와서 꽃이 떨어지고 봄이 이울고 있는 시점에 시인은 거꾸로 꽃을 사랑하지 않아 봄이 죽는다고 말한다. 자신이 밉게 보이는 어떤 날, 자신의 처지가 떨어지는 꽃 같고, 떠나는 봄 같다는 생각을 했을 법하다. "나를 사랑하지 않는/ 나는 죽는다"는 절박한 상황 속에서도 시의 독자들은 자기 삶에 다시 봄을 누리게 할 방법을 깨닫게 된다. 그것은 자기 삶을, 자기 자신을 있는 그대로 사랑하는 것일 수밖에 없다는 거다.

초설은 첫 시집에서 시집도 가지 않은 딸을 위해 「시집가는 딸에게」를, 장가도 가지 않은 아들을 위해 「장가가는 아들에게」를 미리 선물했다. 고단한 일상 속 어머니와 아내에 대한 미안한 마음을 표현할 때도 쉽게 쓰되 통속으로 흐르지 않는다. 초설은 위험한 공장 일을 할 때 긴장을 풀지 않듯이 시적 긴장을 풀지 않고 깊은 울림을 내는 시편들을 가슴으로부터 길러냈다. 고등학교 문학 동아리에서 날렸던 명성이 30년 세월을 기다려 마침내 첫 시집으로 결실한 것이다.

초설이 두 번째 내놓은 시집 『쇳밥』(2018)은 그와 이웃의 노동을 소재로 한 것인데 여느 노동시보다 절절하고 감동적이다. 『쇳밥』 발문을 쓴 김수상 시인은 초설의 「쇳밥」이야말로 저임금과 고위험에 노출된 영세한 공장노동자의 삶을 대변해 주는 시라고 했다. 외국인 여성 노동자의 삶을 다룬 「홍사원」을 인용하며, "김종필의 시가 가지고 있는 미덕은 노동의 눈으로 연대의 눈길을 내미는 것에 있다. 우리나라 자본의 추악함을 고발하는가 하면, 외국인 노동자의 고단한 현실을 시로써 증언해 내고 있다. 김종필의 시는 이렇듯 연민과 사랑으로 확장되고 있다. 노동을 통과해 온 연민과 사랑이었기에 독자들을 울릴 수 있는 시가 되는 것이다. 타자의 고통을 외면하지 않고 타자를 향해 사랑으로 나아가는 시의 출구는 이렇게 따가운 것"이라고 얘기했는데 『쇳밥』을 관통하는 시 정신을 명징하게 정리한 말이 아닐 수 없다.

세상은 한쪽으로 이미 기울 대로 기울어져 있다는 게 초설의 시각이고 그의 시는 가파른 기울기를 그대로 닮아서 아슬아슬하다. 자본가만 누리는 세상, 부모의 자본을 대물림한 자본가들이 생산 수단과 인사권을 독점하며 노동자를 동등하게 대하지 않고 금력으로 위협하는 세상, 힘센 자본가에 맞서 힘 약한 노동자끼리 뭉쳐서 힘의 균형을 이루려고 할 것 같으면 자본에 기댄 권력과 언론이 약자의 발목을 잡기 일쑤인 야비한 세상에 초설은 그냥 당하지만 않겠다는 마음으로 자신의 무기를 단단하게 벼린다. 물론, 그의 무기는 한 편 한 편의 시다.

『어둔 밤에 장승은 눕지 않는다』에서 「월급날」을 통해 고된 노동에도 불구하고 여유는커녕 최소한의 생활비를 메우기에 급급한 현실을 자조적으로 풀어낸 것을 시작으로, 『쇳밥』에선 열악한 노동과 불평등한 사회구조에 대한 문제의식을 작정한 듯 쏟아냈다. 초설은 자신이 노동자 시인으로 불리는 것은 당연하게 받아들이지만 자신의 시를 굳이 노동 시의 분류에 두고 싶어 하지 않는다.

격정에 찬 목소리를 내는 중에도 초설의 시에서는 어딘지 모르게 "끅끅 목 메이는 늙은 프레스"(『쉿밥』중) 소리를 닮은, 슬픔이 물씬한 감정선을 만날 수 있다. 이번 시집에서도 가난한 가계가 사회 구조와 무관하지 않음을 암시하는 「낫」, 세월호의 아픔을 간직한 「사월에 울겠다」 등의 노래가 눈에 띄지만 이전 시편보다 사회적 목소리는 분명 줄었다. 대신, 생활에서 우러나오고 속에서 깊이 삭여져 나오는 인간미와 서정의 깊이는 한층 더해진 느낌이다.

3

초설이 세 번째 내놓은 시집 『무서운 여자』는 가정, 직장, 사회 안팎으로 부딪치는 여러 상황 속에서 사랑하고 미워하고, 애쓰고 추스르는 내면을 깊이 파고들면서 이를 응축해 낸 시편들이 많다. 소재 면에서는 첫 번째 시집에 가깝고, 내용에 따라 형식 변화를 자유롭게 시도한 게 눈에 띈다. 일정한 틀이 없다는 건 그 안의 주물도 제각기 다른 형상을 갖고 '세상에 처음 내놓은 말' 처럼 설렘을 줄 개연성이 크다는 뜻도 된다. 실제, 초설의 언어와 언어를 통해 그리는 풍경은 여느 시인의 그것보다 일상에 깊이 뿌리 박혀 있으면서도, 미묘한 생기와 긴장을 간직하고 있다.

그 생기와 긴장이 살아있는 것의 자유를 구가하는 데 소용되지 않고, 새장의 새처럼 존재의 자유를 잃지 않으려는 안간힘과 연결된다는 점에서 초설의 시는 슬프다. 슬프지만 자기 삶에서 건져 올린 시편들이 물기를 털며 빛을 뿌리는 장면에 잠시 눈이 부시게 될 것이니 그것을 시가 우리에게 던지는 위로라고 해도 좋겠다.

이번 시집이 『쇳밥』과 구별되는 변화 속에서도 김수상 시인이 언급했던 연민과 사랑의 도저한 마음씀씀이는 전혀 변하지 않았음을 짚고 넘어가야겠다. 이 점은 서시 격인 「기울지 않는 사랑」에서 바로 확인된다.

밑둥이 파인 고목처럼 버티는 앙상한 다리
일그러진 세상을 닮아버린 얼굴로
사내는 불빛이 바뀌기를 기다리고 있습니다
길 건너 몽당연필 다리에
바람 빠진 공 같은 얼굴로 손짓하는 여자

나는 온전한 다리로 딛고 서서
둘을 물끄러미 쳐다보고 있습니다

길을 여는 녹색 불이 켜지고
차들이 눈을 감으며 길을 돌려줍니다
하하하… 사내가 엄청 좋아합니다
호호호… 여자는 기쁘게 다가오고
기우는 발걸음을 여자에게 떼어 놓습니다
당당한 사람들보다 더 당당하게
횡단 길 위에 잠시 서 있습니다
여자가 종종걸음으로 다가오더니
사내 겨드랑이에 파고들고
둘은 하늘을 올려보며 하하호호 웃습니다

별들이 반짝이며 놀랐고
나는 걸음을 뗄 수가 없었습니다

사내가 왼쪽으로 쓰러질 듯하면
여자는 어깨로 받쳐주고
여자가 숨을 몰아쉴 때마다
사내는 걸음을 멈춥니다
또 하하하 웃음을 터뜨렸습니다
온몸이 떨리는 사랑입니다
숨 막히는 사랑입니다

둘은 눈으로 말을 하고
웃음으로 사랑을 부풀렸습니다.
세상에 없을 기울지 않는 사랑이었습니다

- 「기울지 않는 사랑」 전문

읽을수록 마음이 따스해지는 시다. 다리가 불편하고 몸을 가누기도 어려운 두 남녀가 횡단보도에서 서로를 마중하여 행복해하는 장면을 시인은 어쩌다 보게 된 걸까. 세상에 못난 사람도 많아서 이 장면을 우습게 여기거나 반대로 민망해하면서 고개를 돌리는 경우도 있을 것이다. 장애에 대한 편견이 자기도 모르게 그런 반응을 가져다 준 것일 테지만 그런 사람이 많을수록 장애가 있는 당사자는 남의 시선을 힘들게 견뎌야 한다. 하지만 시인이 보고 그린 풍경은 더할 나위 없이 아름답다. 운전사가 전조등을 끈 것은 두 사람이 민망해서가 아니라, 두 사람이 조명을 피해 자연스레 만나도록 배려한 것이다. 몸이 불편한 두 사람은 서로를 부축하고 기다려 주면서, 주변 공기까지 웃음으로 감싸는 완전한 사랑의 모습을 보여준다. 사랑이 저토록 환하다고 인식하게 되는 배경을 냉정하게 따져보면, 시인의 시선을 좇아 장면을 보았기 때문이다.

시인은 그가 간직한 연민과 사랑의 감정을 바탕으로 몸이 불편한 두 남녀의 사랑을 "세상에 없을" 지극한 사랑으로 꼽는 데 주저하지 않았다. 그 사랑이 더 빛나는 것은 어느 쪽으로든 "기울지 않는 사랑"이기 때문이다. 겉으로 암만 좋아 보이는 사랑이더라도 한 사람 한 사람이 평등하지 않으면 그건 가짜일 확률이 높다. 한 남자와 한 여자가 가정을 이루어 살 때도 한쪽의 희생을 강요하거나 당연시하는 것은 평등하지 않다. 장애를 가진 사람과 그렇지 않은 사람을 그 장애를 핑계로 차별적 인식을 갖거나 대우를 달리하는 세상 또한 평등하지 않다. 초설은 한쪽으로 기울지 않는 세상을 희망한다. 그렇게 되어야만 비로소 사랑이라고 초설은 믿고 있는 것이다.

이웃에 대한 연민과 사랑으로 시작된 「기울지 않는 사랑」은 시인의 아내를 만나면서부터 일방적으로 기울기 시작한다. 그 기울기는 아내로 인해 다시 균형이 잡힐 테니 결국 기울지 않는 사랑이 되는 이치는 다르지 않다. 이번 시집의 상당 부분은 시인의 반쪽인 아내에 대한 미안함과 사무치는 정을 노래하고 있다. 이 시편들은 아내에 대한 눈물의 헌사로 사(私)적이면서도 삿됨〔邪〕이 없다. 초설이 종종 무서운 여자로 칭하는 아내는 「버려지는 것들」에서 보듯 버려진 화초를 주위와 꽃을 피우게 하고, 꽃처럼 웃는 여자다. 초설은 버려진 것에 대해서 마음으로 아파하고 말로 생색내고 말지만 아내는 버려진 것을 챙겨서 꽃을 피우게 하니 아내가 어떤 면으로 보든 더 나은 사람이다. 아내가 행여 뿔을 내더라도 초설은 감당할 일만 생각하면 된다.

이마 뿔 제거 수술을 한 부위에 처음으로 소독치료를 하는 날, 상처가 덧날까 며칠째 헝클어진 머리칼을 고개 젖혀 감기는데, 머리칼 치댈 때마다 웃음인지, 신음인지 모를 소리를 뱉었다

긴 머리칼 겨우 감기며 어쩔 줄 모르겠는데, 나중에 감당키 어려운 정도로 아프면 어쩌지? 겁이 불쑥, 목덜미를 꽉 조른다 내가 기계에 팔을 다쳤을 때, 그대도 같은 마음이었을까? 남자와 여자가 만나, 애 낳고 30년을 함께 살았는데, 절로 한숨이 나온다

거울 앞에서 뿔 자리에 손을 대보려는데, 고개를 젖혀 피한다 그대는 가끔 내 머리칼, 눈썹 정리까지 살갑게 해주는데, 미쳐서 살아오는 동안에 나는, 그대 이마 뼈에 기생하던 뿔이었구나

-「뿔」 전문

아내의 이마에 혹이나 뿔처럼 돋아난 부분을 수술로 제

거했지만 무슨 일인지 아내는 병중이 더해서 손마저 잘 놀리지 못한다. 아내의 손이 되어 머리를 감겨주는 시인의 걱정은 여기서 비롯한다. 혹시나 아내가 "감당키 어려운 정도로 아프면 어쩌지"라는 생각이 시인의 마음을 불안하게 한다. 아내는 지금까지 노동자 김종필과 시인 초설을 잘 감당해 주었다. 안정된 직업군인의 자리를 박차고 세상에 나갔을 때도, 손에 대는 일마다 거듭 실패할 때도, 오랫동안 일자리를 갖지 못할 때도, 험한 일을 하며 팔을 다쳤을 때도, 시를 쓴다는 핑계로 주말마다 집을 비울 때도 그를 감당해 주었다. 누군가를 기꺼이 감당해 주는 마음을 사랑이라고 불러도 좋겠다.

위기도 있었다. 사실, 일용직이나 비정규직 노동자, 사용자와 노동조합 양쪽으로 소외된 하청 노동자, 실적을 강요당하는 직장인이나 영세한 자영업자의 상당수가 고용 불안과 저임금 속에 매일매일의 위기에 직면해 있는 게 현실이다. 사랑도 여유가 없으면 사치로 인식되고 만다. 시인과 시인의 아내는 〈미안해요, 리키〉(켄 로치 감독, 2019)를 봤을까. 열심히 살려고 애를 쓰면 쓸수록 수렁으로 빠져드는 삶을 다룬 영화다. 영화의 몇몇 장면도 그러했지만 울음을 불러냈을 법한 장면에서 초설은 자아를 숨기거나 꾸미려 하지 않는다. 첫 시집의 「도라지 껍질을 벗기는 여자」의 사연은 그렇게 해서 나온 것이다. 이번 시집의 「하루를 더 살다」를 읽어도 오롯이 슬픔이 남는다. "죽을 수도 없음이 부끄러웠"다는 벼랑 끝의 삶에서 그는 돌아왔다. 시인은 고맙

게도, "부끄러움을 가리는 것은, 사는 일이었습니다"라고 말해줌으로써 독자에게 희망과 위안을 준다.

초설은 자기 자신이 식구의 상처에 기생하는 뿔인 걸 깨쳤다지만 서로의 뿔을 쓸어주고 뿔난 마음을 읽어주는 자세를 취하고 있으니 기생 운운하는 것은 자기성찰을 깊이, 새로 하려는 수사에 가까워 보인다.

초설에게 아내는 초설로 하여금 사는 일에 힘을 낼수밖에 없도록 끊임없이 마음을 다지게 하는 영원한 콩깍지다. 아픈 몸으로 인해 식구의 안녕이 다칠까 봐 조바심내고 무서워하는 초설은 착한 남자를 연습하고 있다. 아내의 안녕과 웃음을 지켜주겠다는 평생 과제를 스스로 부여해서 아내의 약한 관절 대신에 자신의 관절을 부지런히 놀려서 공장 일도 하고 새벽잠을 줄여 아내를 위한 시를 지금껏 쓰고 산다.


## 4

이번 시집에 초설답지 않은 시편들이 있을까 마는 개인적으론 「보리밥」에서 순한 남자를 만나고, 이 시로 이 글을 마무리를 짓고 싶은 마음이 생겼다.

> 점심에 양푼이 보리비빔밥 한 그릇 먹으러 갔더니, 보리밥 한 주걱에 콩나물, 미역줄기, 애호박, 상추, 고사리, 무나물, 돌나물, 미나리, 당근채 따위 풀꽃을 담아 주었다

수북한 풀꽃 먹기가 망설여졌는데, 매일 쌀밥만 먹다가 보리밥 먹으면 미칠 거라며, 코앞에 밀쳐놓는 보글보글 끓는 된장찌개 냄새가 아찔하고, 보리밥이 탱글탱글 기분 좋게 혀를 놀렸다

구수한 숭늉을 마시면서 배를 어루만졌다 누군가는 끼니마다 보리밥을 먹어도 행복하고, 누군가는 어쩌다 한 끼 보리밥을 먹어서 행복하고, 누군가는 밥을 먹지 않아도 행복하다지만

가끔 한 끼 보리밥처럼 생각나는 사람이길

- 「보리밥」 전문

초설은 재래시장 난전을 좋아하고 자주 다닌다. 초설을 따라 식당에 가면 주인이 꽁치 한 마리라도 더 내어주는 눈치지만 그가 다니는 보리밥 집은 어딘지 모른다. 어딘지 모르지만 보리밥에도 반주 한 잔 잊지 않을 것이고 누이, 아지매, 형님 하면서 주인과 스스럼없이 지내며 정을 낼 것이다. 안 봐도 보인다. 시인의 말마따나 어쩌다 보리밥 한 끼라도 그는 행복할 준비가 되어 있다. 찬거리 이상으로 넉넉한 인심과 이를 풀꽃 상으로 여기는 정 속에 기껏 욕심을 내는 것이, "한 끼 보리밥처럼 생각나는 사람이길" 바라는 것이지만 다시 생각해보니, 그보다 잘 살긴 어렵다는 생각도 든다.

이제 글을 줄여야 할 때다. 내가 아는 초설은 세상이 평등

하지 않고 한쪽으로 많이 기울었다고 말한다. 그 질서 안에 좀처럼 어찌해 볼 수 없는 무력한 자신을 미워하기도 한다. 술을 마시면 초설은 좀 자유로워진다. 짬짬이 술을 마시는 일이야말로 초설의 유일한 해방구임은 부인 못 하겠다. 술자리에 앉은 벗들을 평등하게 대하며, 다른 냄새를 풍기는 고상한 부류와 평등하지 않은 세상을 향해 결기를 보일 때도 있다. 그의 습작 노트를 대신하는 페이스북에 욕도 곧잘 올라온다. 나는 욕도 잘하는 초설이 시는 더 잘 쓴다는 소문이 서울에까지 퍼지면 좋겠다.

시를 쓰는 사람은 많아도 시를 읽는 사람이 드문 이상한 현실 속에서 어슷비슷한 시편들로 실망을 살 때가 적잖은데, 초설의 시는 그의 성격 그대로 초설다워서 좋다. 어쭙잖은 이 글이 막걸리 두 통과 맥주 한 병과 도루묵 안주로 교환될 날을 기쁘게 기다려본다.